AF509330

FUNÉRAILLES

DE

M. CLAUDE BERNARD

MEMBRE DE L'ACADÉMIE FRANÇAISE ET DE L'ACADÉMIE DES SCIENCES

Le samedi 16 février 1878.

DISCOURS

DE

M. J.-B. DUMAS

MEMBRE DE L'ACADÉMIE FRANÇAISE
SECRÉTAIRE PERPÉTUEL DE L'ACADÉMIE DES SCIENCES

AU NOM DU CONSEIL SUPÉRIEUR DE L'INSTRUCTION PUBLIQUE.

MESSIEURS,

Le Conseil supérieur de l'instruction publique réclame une large part du deuil qui frappe si douloureusement l'Université, l'Institut et la France. Lorsqu'on voit s'éteindre une des grandes lumières du pays, il perd toujours un des siens, et le ministre éminent qui le préside a voulu que je vinsse en son nom déposer sur cette tombe l'expression de nos regrets.

1

Claude Bernard, que nous pleurons, s'était placé par son rare génie et par ses brillantes découvertes à cette hauteur où l'on cesse d'appartenir exclusivement à une compagnie, et même à une nation, pour prendre rang dans le concert de la science universelle; vivant, sa gloire avait franchi l'espace, elle était acclamée par le monde entier; mort, elle bravera le temps et ses outrages.

Après Lavoisier, Laplace, Bichat, Magendie, qui lui avaient ouvert la route, Claude Bernard a épuisé ses forces à son tour à l'étude du grand mystère de la vie, sans prétendre à pénétrer toutefois son origine et son essence. L'astronome ignore la cause de l'attraction universelle et n'en calcule pas moins avec certitude la marche des astres qu'elle soutient dans l'espace et dont elle dirige le cours. Claude Bernard avait jugé qu'il est permis de même au physiologiste d'expliquer les phénomènes de la vie au moyen de la physique et de la chimie qui exécutent, quoi que la vie et la pensée, qui dirigent, demeurent hors de sa portée.

La physique animale n'était-elle pas fondée, en effet, dès que Lavoisier et Laplace eurent prouvé que la respiration est une combustion, source de la chaleur qui nous anime? Ce flambeau de la vie qui s'allume, cette flamme de la vie qui s'éteint, expressions poétiques heureuses de l'antiquité, ne devenaient-elles pas des vérités philosophiques, auxquelles il a été donné à Claude Bernard d'ajouter le dernier trait?

L'anatomie générale n'était-elle pas née, le jour où Bichat définissait la vie : l'ensemble des fonctions qui résistent à la mort? Sans en révéler la secrète nature, n'apprenait-il pas à préciser les formes que la vie revêt dans chacun des éléments dont se composent nos tissus, à considérer comme l'expression sensible de la vie ces mouvements de destruction et de rénovation dont ils sont le théâtre; leur arrêt, comme le signe certain de la mort?

Magendie n'ouvrait-il pas, enfin, la route à la physiologie expérimentale, devenue entre les mains de Claude Bernard, son élève, une science nouvelle? Empruntant à la physique et à la chimie ses instruments et ses méthodes, sans oublier que les forces dont elles disposent vont s'exercer sur des êtres doués de vie, n'est-ce pas Claude Bernard, qui l'a portée au rang des sciences exactes et qui la laisse rivalisant de certitude et d'autorité avec celles qui opèrent sur la matière brute?

Parmi tant de découvertes, auxquelles son nom demeure attaché, quelle merveille de sagacité et d'analyse que ce travail à jamais célèbre et depuis longtemps populaire où, donnant un corps certain à la pensée de Bichat, il fait voir dans le muscle qui se contracte, dans le nerf qui le met en mouvement, dans l'élément nerveux sensitif et dans l'élément nerveux moteur, autant de modes distincts de la vie, pouvant coexister, mais aussi pouvant mourir séparément et comme en détail!

Quel physiologiste ne serait fier d'avoir découvert la véritable fonction du foie, problème qui, depuis l'antiquité la plus haute jusqu'à nos jours, avait excité, mais en vain, la curiosité de toutes les écoles médicales? Quel chimiste n'eût considéré comme un fleuron à sa couronne cette analyse hardie et savante par laquelle Claude Bernard découvre dans cet organe énigmatique une matière propre à se changer en sucre, un ferment capable d'en opérer la conversion, une source enfin qui verse sans cesse du sucre dans le sang?

Mais je m'arrête, et je laisse à des voix plus autorisées le droit d'exposer dans toute leur fécondité les découvertes que nous devons à l'illustre physiologiste que nous venons de perdre.

S'il était permis d'éteindre, tout à coup, les lumières que la science de la vie emprunte aux travaux de Lavoisier, de Laplace, de Bichat, de Magendie et de Claude Bernard, l'esprit humain reculerait de dix siècles.

Les phénomènes physiques de la vie n'ont plus d'inaccessibles secrets. Les problèmes qui s'y rapportent ont tous été abordés par Claude Bernard avec confiance, poursuivis avec obstination. Il en est peu qu'il n'ait résolus et dont il n'ait ramené la solution, à force de génie, à ces formules élégantes et simples où l'imagination du poëte se mêle à la rigueur de la géométrie.

La France perd en Claude Bernard un de ses fils les plus illustres, la science un de ses représentants les plus respectés, nous tous un confrère aimé dont le commerce plein de charme et de douceur, après lui avoir acquis l'universelle sympathie, assure à sa mémoire un éternel regret.

En ce moment où des coups répétés nous frappent, où nous perdons en quelques mois Brongniart, Balard, Le Verrier, Becquerel, Regnault, Claude Bernard, et quand la science française, presque décapitée, a besoin de tourner vers l'avenir des regards d'espérance, les pouvoirs publics ont voulu que les honneurs réservés aux capitaines qui se sont illustrés en défendant la patrie, aux politiques qui en ont dirigé les destinées à travers les écueils, fussent aussi rendus au génie de l'étude. Ce n'est pas en vain que ce grand spectacle aura été déployé en face de nos écoles. Une noble émulation, troublant les jeunes âmes qui le contemplent émues, ira réveiller leur ardeur, leur inspirer l'amour de la vérité, l'ambition de la gloire et le dédain de la fortune.

Les forces morales de la France semblent menacées ; préparons des successeurs à ces grands hommes, presque tous enlevés avant l'heure ! Ouvrons la route à leurs émules, à ces génies naissants que nos vœux appellent et que réclament nos rangs décimés.

Claude Bernard s'écriait, au souvenir des misères que tous les savants ses contemporains ont partagées : « L'étude de la physiologie exige deux choses, le génie qui ne se donne pas, et les ressources matérielles qu'un vote des pouvoirs publics suffirait à lui assurer. La physiologie française ne réclame que des moyens de travail, le génie qui les mettrait à profit ne lui a jamais manqué. » Toutes les sciences pourraient tenir le même langage.

Adieu, Claude Bernard, vous que les honneurs ont toujours été chercher et qui n'en avez jamais réclamé aucun ; votre cri suprême sera entendu par le ministre de l'instruction publique, qui vous accompagne à votre dernière demeure. La pompe inusitée de vos funérailles apprendra de quels respects il veut que les sciences soient entourées. Votre vie laborieuse et modeste restera comme un salutaire exemple ; votre mort, glorifiée de tout un peuple, comme un enseignement. Du sein de la vie éternelle, dont le secret vous a été révélé désormais, si votre modestie s'étonne des honneurs qui vous sont rendus, votre génie s'en reconnaît digne, et votre patriotisme les accepte comme une promesse d'avenir et un gage de grandeur future pour la science française.

DISCOURS

DE

M. MÉZIÈRES

CHANCELIER DE L'ACADÉMIE FRANÇAISE.

MESSIEURS,

En l'absence de notre Directeur, retenu loin de nous par
une maladie cruelle, c'est au chancelier de l'Académie
française que revient le douloureux honneur de parler
sur cette tombe si brusquement ouverte. Vous me pardon-
nerez de le faire en peu de mots. Le grand esprit auquel la
France, sur la proposition généreuse du ministre de l'instruction publique, rend aujourd'hui un hommage natio-
nal, aimait trop la précision et la sobriété en toutes choses
pour ne pas imposer à ceux qui parleront de lui une loi
qu'il s'imposait à lui-même. Toute parole vaine serait
indigne de cette noble mémoire. Je n'oserais vous entre-
tenir des rares qualités du savant sans craindre de profa-

ner, par des jugements vagues ou superficiels, un sujet qui appartient aux interprètes autorisés de la science.

Parmi tous les mérites de M. Claude Bernard, vous me permettrez de choisir ceux qui relèvent plus particulièrement de notre compagnie. Car nous le réclamons, nous aussi, comme un des nôtres, comme un de ceux qui nous ont le plus honorés.

Ce savant, étranger à tous les artifices du langage, qui passait sa vie dans son laboratoire, qui n'aimait et ne poursuivait que la vérité scientifique, rencontrait sans les chercher les paroles les plus propres à exprimer sa pensée et, pour ainsi dire, les plus littéraires. Il les rencontrait précisément parce qu'il ne les cherchait pas. C'était la délicatesse de sa méthode et la force de sa méditation qui se traduisaient naturellement dans une langue substantielle, où les idées tenaient plus de place que les mots, exempte pourtant de sécheresse et comme adoucie par une grâce sévère.

Vous vous souvenez de l'admiration qu'inspira à tous ceux qui lisent le beau travail sur le *curare,* publié en 1864 par la *Revue des Deux-Mondes.* L'impression de grandeur que produisait ce style à la fois souple et puissant, l'abondance et l'ampleur des idées reportaient la pensée vers les œuvres de Buffon, de Bichat, de Cuvier. On reconnaissait un écrivain très-différent de ses devanciers, plus simple, plus attentif aux détails, engagé dans des études plus minutieuses et plus délicates; mais, à travers toutes ces différences, un esprit de même race et de même vol.

Ce fut comme la révélation d'une éloquence nouvelle, destinée à faire pénétrer partout, sous la forme la plus heureuse, les résultats essentiels des grandes découvertes de la physiologie.

Jusque-là le nom glorieux de M. Claude Bernard appartenait uniquement à la science; à partir de ce moment, les lettres le réclamèrent également et l'Académie française songea à lui ouvrir ses portes. Il y entra en 1868, avec une modestie charmante, et comme étonné d'un succès qui n'étonnait que lui. Je l'entends encore lisant, d'une voix timide, sans l'ombre d'une prétention, un des discours les plus vigoureux et les plus originaux qui aient été prononcés à l'Institut.

Notre illustre confrère ignorait l'art, même innocent, de faire valoir ses idées. Une fois qu'il les avait trouvées et exprimées, il les abandonnait à leur sort, sans aucun souci de leur popularité. Par ce trait délicat de son esprit, M. Claude Bernard méritait encore de nous appartenir et de représenter parmi nous les plus pures traditions du goût français. La mesure, qui est la qualité commune de nos bons écrivains, ne consiste pas seulement à écarter du langage les paroles inutiles ou emphatiques; il y a chez les gens de goût un éloignement instinctif pour la recherche, une aversion de la mise en scène, qui les préserve de la tentation d'exagérer leur importance personnelle, même quand ils croient à celle de leurs idées.

Ce respect de soi-même, cette discrétion dans le jugement qu'on porte de soi, cette crainte de surfaire la valeur vraie de ses découvertes en y ajoutant le bruit factice qui vient du dehors, achèvent la physionomie littéraire et morale de M. Claude Bernard.

Assurément, les tentations ne lui manquèrent pas. Con-

duit par ses travaux à la frontière de la philosophie, il eût
pu être entraîné hors du domaine expérimental par le
désir de prendre parti entre les deux grandes écoles qui
se disputent le monde moderne; il eût obtenu ainsi, avec
les applaudissements des uns, avec les malédictions des
autres, le surcroît de renommée qu'apporte au talent l'ardeur des controverses philosophiques et religieuses. Il s'y
refusa toujours, non par prudence, mais par loyauté. Il
ne se croyait pas autorisé à tirer de ses belles recherches
des conclusions trop étendues; il indiquait lui-même le
point précis où s'arrêtaient ses connaissances certaines,
comme s'il ne voulait pas permettre à sa pensée d'en
dépasser les limites : rare exemple de bonne foi et de
sincérité envers soi-même que nous pouvons présenter aux
jeunes générations avec un légitime orgueil!

Les leçons que laisse derrière lui M. Claude Bernard ne
sont pas seulement renfermées dans ses cours et dans ses
livres. Sa vie tout entière est un exemple : il a vécu pour
la science et pour la vérité ; il est mort pour les avoir trop
bien servies et pour n'avoir point ménagé ses forces. L'Académie française n'oubliera pas le concours actif qu'il appor-
tait à nos séances, la part importante qu'il a prise pour la
définition des mots scientifiques à la nouvelle édition de
notre Dictionnaire, le souvenir cher et respecté qu'il laisse
à chacun de nous, la douleur profonde avec laquelle ceux
d'entre nous qu'il honorait plus particulièrement de son
amitié voient disparaître un si grand esprit et un si noble
cœur.

DISCOURS

DE

M. BOUILLAUD

MEMBRE DE L'ACADÉMIE DES SCIENCES.

MESSIEURS,

Les morts célèbres semblent être un des signes de ces temps vraiment extraordinaires dont nous sommes témoins, et il faut avouer qu'elles se succèdent avec une effrayante rapidité. L'Académie des sciences nous en fournit un grand et douloureux exemple. En quelques mois, en effet, elle a perdu quatre de ses plus illustres membres : les Le Verrier, les Becquerel, les Regnault et les Claude Bernard. Quelle riche et glorieuse proie pour cette impitoyable mort, qui d'une égale main frappe toutes les têtes, même celles que les plus sacrés lauriers environnent, impuissants contre les coups inopinés de sa foudre !

Un mois s'est à peine écoulé que Claude Bernard, dans la plénitude de toutes ses forces, prenait encore à nos travaux la grande part qui lui était due, et le voilà prématurément descendu dans cette tombe, autour de laquelle se presse un immense cortége, plongé dans une profonde affliction, et tout étonné d'une perte si peu prévue et si difficile, hélas! à réparer! C'est ainsi que la physiologie expérimentale a perdu son plus glorieux représentant, ce maître dont la renommée s'étendait aussi loin que le monde savant lui-même, et que toutes les nations enviaient à celle qui s'enorgueillissait de lui avoir donné le jour.

Il serait trop long ici, je ne dis pas de résumer, mais seulement d'énumérer toutes les recherches dont Claude Bernard est l'auteur, puisqu'il n'est presque aucune partie de la physiologie sur laquelle on ne trouve l'empreinte de sa féconde activité. Parmi celles où ce grand expérimentateur s'est signalé par les traits les plus éclatants, nous ne pourrions ne pas mentionner celles relatives aux nerfs vaso-moteurs, à l'action que le pancréas, au moyen de son suc, exerce sur la digestion des corps gras, et au rôle du foie dans la production du sucre.

Ces dernières recherches surtout eurent un retentissement extraordinaire. Elles avaient pour sujet le viscère le plus volumineux, le plus massif, le plus énigmatique de tous ceux de l'économie, et déjà célèbre en quelque sorte sous plusieurs rapports, autres que celui sous lequel notre illustre confrère l'avait considéré. En effet, l'antique physiologie en avait fait la source du sang; on y avait constaté une telle disposition de son système veineux et, partant, de la circulation du sang que contient ce système, que la nature, en l'établissant, semble s'être jouée de ses propres lois ; l'observation clinique, confirmée plus tard par l'expérimentation sur les animaux, avait démontré dans la bile sécrétée par ce viscère un pouvoir de ralentissement des battements du cœur et des artères, égal à celui dont jouit la digitale elle-même ; on savait qu'il était l'un des principaux dépôts de certaines substances toxiques ; mais il était réservé à Claude Bernard l'insigne honneur de nous découvrir que cet organe, sécréteur de l'humeur la plus amère de toutes celles du corps vivant, était en même temps le dépôt d'une matière plus douce que le miel lui-même, puisqu'elle n'est autre qu'une des espèces du sucre.

Cette découverte constitue une sorte de révolution ou d'ère nouvelle dans l'histoire de celles qui appartiennent à la physiologie spéciale. Aussi était-ce la conquête favorite de notre savant confrère ; et, dans le cours de la précédente année, il en avait encore entretenu l'Académie, ainsi que de la *glycémie,* qui s'y rattache de la manière la plus directe et la plus intime. Ajoutons que, parmi les organes dans lesquels Claude Bernard avait étudié la température du sang, le foie était aussi celui qui lui avait fourni les résultats les plus curieux.

Tant et de si beaux travaux ne s'accomplirent pas sans que l'auteur en reçût le prix. L'Académie des sciences leur décerna l'une de ses plus brillantes couronnes, et, plus tard, il fut membre à la fois de cette Académie et de l'Académie française, membre de l'Académie de médecine, professeur au Collége de France et au Muséum d'histoire naturelle, commandeur de la Légion d'honneur et enfin sénateur.

Il lui était permis d'espérer qu'il jouirait, pendant de longues années encore, de tous ces nobles biens, si dignement, si justement acquis, et que de nouvelles découvertes étaient réservées à ses efforts sans cesse renaissants. Mais, hélas! ces heureuses espérances, fragiles comme tant d'autres, ne devaient pas se réaliser : une impatiente mort ne le leur a pas permis.

Ce n'est pas assez pour la patrie que d'avoir honoré pendant leur vie ses hommes supérieurs. Elle doit honorer aussi leurs cendres, et se montrer fière de ce suprême témoignage de sa reconnaissance. La généreuse et libérale France est d'ailleurs, en quelque sorte, la terre natale de ce beau sentiment. Aussi le gouvernement, grâces lui en soient rendues, jaloux de veiller à ce que, de sa part, rien ne manquât à la gloire de Claude Bernard, a-t-il voulu que les funérailles de celui qui avait si bien mérité de sa patrie fussent célébrées aux frais de l'État.

Lorsque, au commencement de ce siècle, mourut, à l'âge de trente et un ans, ce Bichat qui, dans l'espace de six à sept années, avait jeté les fondements d'une physiologie et d'une pathologie nouvelles, le premier consul fit élever en son honneur et en celui de Desault, son illustre maître, un marbre dans le vestibule de l'ancien Hôtel-Dieu. Plus tard, comme pour couronnement de l'œuvre du premier consul, la France érigeait au glorieux auteur de l'*Anatomie générale* une double statue, l'une dans sa terre natale, l'autre dans l'enceinte de l'École de médecine de Paris.

Le moment n'est pas éloigné, sans doute, où des monuments de marbre et d'airain seront également décernés à Claude Bernard, pour transmettre sa mémoire aux siècles à venir. Toutefois, pour des Bichat et des Claude Bernard, de tels monuments eux-mêmes sont moins durables que ceux dont leur génie a été l'immortel ouvrier.

Et maintenant, est-ce tout que ces récompenses superbes et ces magnifiques funérailles dont le prince de la moderne physiologie expérimentale, que nous pleurons, a été l'objet? Non, il faut l'espérer. Mais il n'appartient qu'à Dieu, le rémunérateur souverain, de faire encore plus pour vous, ô Claude Bernard, dans le monde éternel où vous êtes entré, et où nous vous adressons nos suprêmes adieux.

DISCOURS

DE

M. VULPIAN

MEMBRE DE L'ACADÉMIE DES SCIENCES.

MESSIEURS,

L'Académie des sciences, si éprouvée, il y a quelques
jours à peine, par le décès de deux de ses membres les
plus célèbres, M. Antoine-César Becquerel et M. Victor
Regnault, vient encore d'être cruellement frappée. Le plus
illustre physiologiste de notre époque, M. Claude Bernard,
est mort dimanche dernier, 10 février 1878, à l'âge de
soixante-quatre ans.

L'émotion qu'a provoquée cette mort dans tous les rangs
de la société, l'empressement des pouvoirs publics à rendre
un solennel hommage à la mémoire de M. Claude Bernard,
l'unanimité avec laquelle cet hommage a été rendu, le concours d'une foule attristée à ces funérailles, tout atteste
combien est grande la perte que nous venons de subir.

L'Académie des sciences m'a désigné pour adresser en son nom un suprême adieu à M. Claude Bernard. Triste tâche que j'ai dû accepter et que je ne puis accomplir d'une façon digne du corps savant dont je suis l'interprète qu'après avoir essayé de mesurer la profondeur du vide que la mort vient de creuser parmi nous!

M. Claude Bernard, né à Saint-Julien, près Villefranche, le 12 juillet 1813, vint à Paris vers 1834 pour se livrer à l'étude de la médecine et de la chirurgie, et, nommé interne des hôpitaux en 1839, il retourna dans le service auquel il avait déjà été attaché comme externe, le service de Magendie, à l'Hôtel-Dieu. C'est en assistant aux leçons de ce célèbre physiologiste, au Collége de France, qu'il découvrit sa véritable vocation.

Au lieu des cours didactiques de physiologie qu'il avait suivis jusque-là, il voyait, au Collége de France, un professeur faire des expériences devant ses auditeurs, non-seulement pour confirmer des données déjà acquises, mais encore, et le plus souvent, pour étudier des problèmes restés sans solution. Au lieu de la physiologie racontée, c'était la physiologie animée, vivante, parlante: c'était l'expérience elle-même saisissant avec force l'attention des assistants et imposant à leur mémoire des souvenirs ineffaçables; c'était, en outre, une série de découvertes pleines d'intérêt, naissant pour ainsi dire sous les yeux des élèves.

L'effet de telles leçons fut décisif. M. Claude Bernard se sentit expérimentateur. Il entra comme aide bénévole dans le laboratoire de Magendie. Dès la seconde année de son internat, il devenait son préparateur attitré. A dater de cette époque, M. Claude Bernard se consacra tout entier

aux recherches de physiologie, si ce n'est dans un moment
de découragement. où la carrière scientifique lui parut ne
jamais devoir s'ouvrir devant lui et où il revint à la chirurgie.

Un mémoire publié en 1843, sous le titre de *Recherches
anatomiques et physiologiques sur la corde du tympan*, et sa
thèse inaugurale pour le doctorat en médecine, soutenue
en 1843 et intitulée *Du suc gastrique et de son rôle dans la
nutrition*, sont ses premières publications. Depuis lors
M. Claude Bernard travaille sans relâche ; les découvertes
succèdent aux découvertes : la célébrité ne tarde pas à
s'attacher au nom d'un tel physiologiste. Il supplée d'abord
son maître, Magendie, au Collége de France. En 1854, il est
nommé professeur à la Faculté des sciences dans une chaire
de physiologie créée pour lui ; la même année, il est nommé
membre de l'Académie des sciences à la place devenue
vacante par suite du décès du chirurgien Roux ; l'année
suivante, il est appelé à remplacer Magendie dans la chaire
du Collége de France. En 1868, il quitte la Faculté des
sciences pour occuper au Muséum la chaire de Flourens,
et, la même année, il le remplace aussi à l'Académie française. La plupart des sociétés et des académies étrangères
se hâtent de l'admettre au nombre de leurs associés. Il est
nommé sénateur, commandeur de la Légion d'honneur,
membre de divers ordres étrangers ; mais je n'insiste pas
sur ces titres extra-scientifiques : il a été de ceux qui hono-
rent les distinctions honorifiques qu'ils consentent à
accepter.

Parvenu aux situations les plus enviées, il travaille avec
la même ardeur que lors de ses débuts, et chaque année il

fait connaître les résultats de ses infatigables expérimen-
tations. Il y a quelques mois, il lisait à l'Académie des
sciences une série de mémoires des plus intéressants sur la
glycogénie animale, et, au moment où la maladie est venue
le surprendre, il poursuivait de nouvelles recherches. Il
meurt donc, on peut le dire, en pleine activité de production
scientifique, et, au milieu de notre tristesse et de nos regrets,
nous sommes obsédés de la douloureuse pensée que la mort
détruit probablement d'importantes découvertes qu'il n'eût
pas tardé à nous communiquer.

Ce n'est pas ici le lieu de rappeler tous les travaux de
M. Claude Bernard. Il faut me borner à mettre en saillie
ses découvertes principales et à marquer l'influence qu'il a
exercée sur la physiologie et sur la médecine.

Au premier rang de ses travaux se place la série de ses
admirables investigations sur la formation du sucre chez
les animaux. Ce sont là des recherches qui feront époque
dans la science. Non-seulement elles nous ont dévoilé un
phénomène absolument inconnu jusque-là, la production
du sucre par le foie chez tous les animaux, mais encore
elles ont éclairé d'une vive lumière le mécanisme de l'influence qu'exerce le système nerveux sur la nutrition intime;
en outre, elles ont été le point de départ d'une nouvelle théorie du diabète. Depuis l'époque (1849) où M. Claude Bernard
faisait, à la Société de biologie, sa première communication sur la formation du sucre dans le foie, jusqu'à l'année
dernière pendant laquelle il nous donnait lecture de nouvelles recherches sur la glycogénie, il n'a cessé de s'occuper
de cette grande question; et l'on peut dire que tout ce que
nous connaissons d'important sur elle, nous le lui devons

entièrement. Après avoir trouvé que le foie forme du sucre aux dépens du sang qui le traverse et quel que soit le régime de l'animal, il montre que ce sucre est le résultat de la métamorphose d'une substance amyloïde dont il constate le premier la présence dans l'organe hépatique, substance qui se produit dans les cellules propres du foie et à laquelle il donne le nom de *matière glycogène*. Il fait voir ensuite que la quantité de sucre fournie par le foie au sang des veines hépatiques varie suivant que l'animal est en état de santé ou en état de maladie. Il découvre que la piqûre d'un point particulier du bulbe rachidien exerce une telle influence sur la formation du sucre par le foie, que le sang, chargé d'une trop grande quantité de ce principe, le laisse échapper par les reins et que l'animal devient diabétique. Cette découverte tout à fait imprévue excite dans le monde savant un profond étonnement qui fait bientôt place à l'admiration lorsque le fait annoncé par le physiologiste français est confirmé par tous les expérimentateurs. Par une suite de recherches d'une prodigieuse sagacité, il montre par quelles voies les lésions du bulbe rachidien dont il vient d'indiquer les effets vont agir sur la glycogénie hépatique. Jamais regard plus pénétrant n'avait plongé dans les profondeurs de la nutrition intime.

Il va plus loin encore ; comme je l'indiquais tout à l'heure, il tire lui-même de ses découvertes les conséquences qui s'appliquent à la médecine. Il édifie une nouvelle théorie du diabète. Pour lui, cette maladie est due essentiellement à un trouble des fonctions du foie, à une exagération de la production de matière glycogène et à une suractivité parallèle de la métamorphose de cette matière en sucre. Ce trouble a le plus souvent pour cause une altération du fonctionnement du système nerveux central. Cette théorie de M. Claude Bernard devient le point de départ de recherches pathologiques des plus intéressantes, et, aujourd'hui, après des discussions approfondies, elle semble sur le point de triompher de la résistance de ses contradicteurs.

A côté de ce grand travail, et au même rang pour le moins, la postérité placera les recherches de M. Claude Bernard sur le grand sympathique et sur l'innervation des vaisseaux. Avant ces recherches, on ne connaissait presque rien de l'action du système nerveux sur la production de la chaleur animale.

En 1851, M. Claude Bernard publie ses premières expériences relatives à l'*influence du grand sympathique sur la sensibilité et la calorification*. Il fait voir que la section du cordon cervical du grand sympathique, d'un côté, détermine, en même temps qu'une congestion de toute la moitié correspondante de la face, une augmentation considérable de la chaleur dans cette même région.

Dans aucun des travaux de M. Claude Bernard ne se montre peut-être avec plus de netteté l'instinct de découverte, la sagacité inventive dont il était si richement doué. De nombreux physiologistes n'avaient-ils pas sectionné le cordon cervical du grand sympathique, depuis l'époque où Pourfour du Petit avait montré que cette opération produit un resserrement de la pupille du côté correspondant? Eh bien, aucun d'eux n'avait aperçu que cette section détermine aussi une élévation de température dans les parties innervées par le cordon coupé. M. Claude Bernard a été le premier à démêler ce phénomène si remarquable. Il nous

apprenait ainsi que le système nerveux influe d'une façon
puissante sur la chaleur des diverses parties de l'organisme.
Du même coup il découvrait l'influence de ce système sur
les vaisseaux.

En montrant que la section du cordon cervical sympathique provoque une congestion de toutes les parties auxquelles se distribuent les fibres nerveuses de ce cordon, il a
ouvert la voie. Peu de mois après, pendant qu'il arrivait
de son côté à trouver le véritable mécanisme de cette congestion, M. Brown-Séquard y parvenait en Amérique et
publiait le premier que les résultats de cette expérience,
la congestion et l'augmentation de chaleur, sont dus à une
paralysie de la tunique musculaire des vaisseaux. L'exis-
tence des nerfs vaso-moteurs était désormais hors de
doute. M. Claude Bernard, poursuivant, comme il l'a toujours fait, les conséquences de cette découverte, enseignait
aux physiologistes et aux médecins que c'est le rôle physiologique dévolu à ces nerfs et l'importance de ce rôle.
Le cœur, organe central de la circulation, lance le sang
dans les artères, et ce sang, sans cesse poussé par de nouvelles ondées cardiaques, revient au cœur par les veines.
Le mouvement du sang aurait les mêmes caractères dans
tous les capillaires du corps si les vaisseaux qui le con-
duisent à ces capillaires étaient partout inertes. Mais il
n'en est pas ainsi. Grâce aux nerfs vaso-moteurs, les vaisseaux munis d'une tunique musculaire peuvent se resserrer
ou se paralyser; ces modifications peuvent se produire ici
et non là; il peut y avoir congestion ou anémie dans un
organe pendant que la circulation ne subit aucun change-
ment dans les autres parties. La face peut rougir ou pâlir

sous l'influence des émotions, sans que le reste de l'appareil circulatoire soit notablement affecté ; la membrane muqueuse de l'estomac peut se congestionner d'une façon pour ainsi dire isolée, lors de la digestion, pour fournir aux besoins de la sécrétion du suc gastrique et revenir ensuite à l'état normal ; le cerveau lui-même, dans les moments d'activité intellectuelle, peut devenir le siége d'une irrigation sanguine plus abondante, sans qu'il en résulte un trouble notable pour le reste de la circulation ; il peut en être ainsi de tous les organes. Ce sont là des phénomènes dont le mécanisme n'a plus de secrets pour nous depuis les travaux de M. Claude Bernard.

Mais ce n'est pas tout : il était réservé à M. Claude Bernard de faire encore, relativement à la physiologie des nerfs vaso-moteurs, une découverte sinon plus importante, assurément plus inattendue que celle dont je viens de dire quelques mots.

Les nerfs vaso-moteurs qui modifient le calibre des vaisseaux, en produisant un resserrement de leur tunique contractile ou en cessant d'agir sur cette tunique, ne sont point les seuls qui exercent une influence sur ces canaux. M. Claude Bernard a trouvé qu'il existe d'autres nerfs qui, lorsqu'ils sont soumis à une excitation fonctionnelle ou expérimentale, agissent aussi sur les vaisseaux, mais y déterminent alors une dilatation. Ce sont des nerfs vaso-dilatateurs, comme on les a appelés, par opposition aux nerfs dont l'excitation provoque une constriction vasculaire, et que l'on a nommés vaso-constricteurs.

C'est en poursuivant des recherches du plus haut intérêt sur la physiologie des glandes salivaires que M. Claude

Bernard a été conduit à cette remarquable découverte.
Comme M. Ludwig et sans connaître ses travaux, M. Claude
Bernard avait constaté que l'électrisation de la corde du
tympan détermine une exagération de la sécrétion de la
glande sous-maxillaire ; mais il reconnut, ce qui avait
échappé au physiologiste de Leipzig, que cette électrisation produit en même temps une dilatation considérable
des vaisseaux de la glande. Ces nerfs vaso-dilatateurs, véri-
tables *nerfs d'arrêt*, n'ont encore été trouvés que dans un
petit nombre de régions : peut-être, comme l'a pensé
M. Claude Bernard, existent-ils partout et jouent-ils un
rôle considérable, dans l'état de santé et dans l'état de
maladie.

Les études de M. Claude Bernard sur les glandes salivaires ont été fructueuses pour la science ; je ne signalerai
ici, parmi les autres faits qu'il a découverts dans le cours de
ces études, que les actions réflexes qui s'effectuent dans
le ganglion sous-maxillaire séparé des centres nerveux
céphalo-rachidiens. Il a donné ainsi, et pour la première
fois, la démonstration de l'autonomie physiologique si
contestée du système nerveux sympathique.

Une autre glande, le pancréas, avait aussi attiré son
attention au début de sa carrière. On n'avait alors que des
idées fort incomplètes sur la physiologie du pancréas ; une
des propriétés les plus remarquables du suc pancréatique
avait échappé à peu près entièrement aux investigations
des expérimentateurs, je veux parler de son action sur les
matières grasses. M. Claude Bernard fit voir que, de tous
les fluides qui entrent en contact avec les aliments dans le
canal digestif, le suc pancréatique est celui qui exerce

l'action la plus puissante sur les matières grasses, pour les émulsionner et les mettre à même d'être absorbées.

Dans un ordre très-différent de recherches, M. Claude Bernard, bien que précédé par de célèbres physiologistes, par Magendie, par Flourens, a été encore un véritable initiateur. Je veux parler de ses belles recherches sur les substances toxiques et médicamenteuses. C'est à lui, en effet, que nous devons les vraies méthodes à l'aide desquelles on étudie l'action physiologique de ces substances et, par les découvertes les plus brillantes, il nous a fait voir tout le parti qu'on peut tirer de ces méthodes. Par une suite d'expériences décisives, il nous montre que le curare abolit les mouvements volontaires, en paralysant les extrémités périphériques des nerfs moteurs, tout en respectant les centres nerveux, les muscles et les nerfs sensitifs. D'autre part, il nous apprend que l'oxyde de carbone tue les animaux vertébrés par asphyxie en se fixant dans les globules rouges du sang, en y prenant la place de l'oxygène et en les rendant impropres à toute absorption nouvelle de ce gaz. Enfin, pour ne parler que des faits principaux, je dois rappeler ses mémorables études sur les alcaloïdes de l'opium et sur les anesthésiques.

J'ai cherché à mettre en saillie les découvertes les plus importantes de M. Claude Bernard; mais que d'autres travaux ne faudrait-il pas analyser pour rappeler tous les services qu'il a rendus à la science ! Je me borne à citer ses recherches sur le nerf pneumogastrique, sur le nerf spinal, sur le nerf trijumeau, sur le nerf oculo-moteur commun, sur la corde du tympan, sur le nerf facial, recherches dans le cours desquelles il imagine de nouveaux

procédés d'expérimentation, tels que l'arrachement des
nerfs, la section de la corde du tympan dans la caisse tym-
panique, procédés qui portent aujourd'hui son nom. Je
ne puis malheureusement aussi que mentionner ses études
sur la sensibilité récurrente et sur les conditions, si
intéressantes au point de vue de la physiologie générale,
qui font varier ce phénomène. Je me contenterai encore
d'énumérer ses recherches sur la pression du sang, sur
les gaz du sang, sur les variations de couleur de ce fluide
suivant l'état d'inertie ou d'activité fonctionnelle des
organes qu'il traverse (glandes, muscles); sur les variations de la température des parties dans les mêmes conditions opposées de repos ou de fonctionnement, sur la dif-
férence de température entre le sang du ventricule droit
du cœur et le sang du ventricule gauche chez les mam-
mifères; sur l'élimination élective, par les glandes, des
substances introduites dans l'économie, ou de celles qui
s'accumulent dans le sang sous l'influence de certains états
morbides (sucre diabétique, matière colorante de la bile);
sur les caractères spéciaux et le rôle particulier de la salive
de chaque glande salivaire; sur l'influence des centres nerveux sur la sécrétion de la salive; sur la sécrétion et l'action du suc gastrique et du suc intestinal; sur les modifications des sécrétions de l'estomac et de l'intestin, après
l'ablation des reins; sur l'albuminurie produite par les
lésions du système nerveux; sur la composition de l'urine
du fœtus; sur les phénomènes électriques qui se manifes-
tent dans les nerfs et les muscles; sur la comparaison des
actes de la nutrition intime chez les animaux et les végétaux, etc.

En un mot, il n'est presque aucune partie de la physiologie dans laquelle M. Claude Bernard n'ait profondé-
ment marqué sa trace par des découvertes du plus haut
intérêt.

Aussi l'influence de M. Claude Bernard sur la physiologie a-t-elle été immense. On peut dire, sans exagération,
que, depuis près de trente années, la plupart des recherches physiologiques qui ont été publiées dans le monde
savant n'ont été que des développements ou des déduc-
tions plus ou moins directes de ses propres travaux. A
ce titre, il a été véritablement, dans le grand sens du mot,
le maître de presque tous les physiologistes de son temps.

Son influence sur la médecine n'a pas été moins grande.
D'innombrables travaux de pathologie ont été inspirés par
ses recherches physiologiques. Du reste, il avait encore,
dans cette direction, montré lui-même le chemin. Par sa
théorie du diabète, par ses recherches sur l'urémie, sur
les congestions, sur l'inflammation, sur la fièvre, il indiquait comment les progrès de la physiologie peuvent servir
à ceux de la médecine. Ses travaux ont réellement trans-
formé sur bien des points la partie scientifique de la médecine; son nom se trouve invoqué dans l'histoire d'un
grand nombre de maladies par les théories qui ont pour
but, soit d'expliquer le mode d'action des causes morbides, soit de trouver la raison physiologique des symp-
tômes. La thérapeutique elle-même a subi l'influence de
ses travaux. Les médicaments ont été, pour la plupart,
soumis à de nouvelles études, calquées sur ses propres
recherches; la thérapeutique a pu enfin s'efforcer de
mériter le titre de rationnelle auquel elle n'avait aucun

droit jusque-là. De tels services ne sauraient être méconnus ; aussi la médecine, qui a toujours considéré M. Claude Bernard comme un des siens, comme une de ses lumières les plus éclatantes, regarde-t-elle sa mort comme le plus grand deuil qui puisse l'affliger.

Parlerai-je des ouvrages de M. Claude Bernard, de ses livres, où se trouvent reproduites ses leçons du Collége de France et du Muséum d'histoire naturelle ; de son *Rapport sur les progrès de la physiologie en France*, publié en 1867, à l'occasion de l'Exposition universelle ? Que pourrais-je en dire que vous ne sachiez tous? Ces livres sont entre les mains de tous les physiologistes et de tous les médecins. Ce sont, dans leur genre, des modèles achevés. Outre les découvertes originales dont ils contiennent la relation détaillée, on y trouve, presque à chaque page, des aperçus ingénieux, des vues nouvelles, d'importantes applications. On y assiste à l'évolution des recherches du maître, depuis leur premier germe jusqu'à leur complet développement, et, tout en y puisant ainsi le goût des investigations personnelles, on y apprend à travailler par soi-même.

Enfin, après avoir parlé du savant illustre, ne dois-je pas dire un mot de l'homme? N'est-ce pas un devoir, et le plus doux des devoirs, de rappeler que ce physiologiste de génie fut en même temps le meilleur des hommes? La simplicité de ses manières, son affabilité, la sûreté de ses relations, tout attirait vers lui et le faisait aimer. Dépourvu de vanité, il savait mieux que personne rendre justice au mérite d'autrui, et il était toujours prêt à tendre la main aux jeunes savants pour les aider à gravir les degrés difficiles qui mènent aux positions officielles.

Tels sont les titres de M. Claude Bernard à l'admiration du monde savant et à la reconnaissance du pays. La postérité le placera au nombre des grands hommes auxquels la physiologie doit ses progrès les plus considérables, et son nom rayonnera ainsi à côté de ceux de Harvey, de Haller, de Lavoisier, de Bichat, de Charles Bell, de Flourens et de Magendie.

Au nom de l'Académie des sciences, cher et illustre maître, je vous dis adieu !

DISCOURS

DE

M. LABOULAYE

MEMBRE DE L'ACADÉMIE DES INSCRIPTIONS ET BELLES-LETTRES

AU NOM DU COLLÉGE DE FRANCE.

———

Messieurs,

La mort de M. Claude Bernard est un deuil général ;
mais, j'ose le dire, nulle part cette perte cruelle ne sera
plus vivement ressentie qu'au Collége de France. Il nous
appartenait depuis trente-sept ans. Jeune, inconnu, s'igno-
rant lui-même, il poursuivait ses études un peu au hasard,
quand, en 1841, M. Magendie eut l'heureuse idée de l'attacher comme préparateur au cours de médecine. L'élève
eut bientôt surpassé le maître. Dans les expériences qu'il
faisait, Magendie, esprit ingénieux et sceptique, ne voyait
guère qu'une suite d'observations curieuses qui pouvaient
intéresser la médecine, à laquelle il croyait peu ; Claude
Bernard y voyait les éléments d'une science nouvelle qui

ne relèverait que d'elle-même, et qui serait non pas la servante, mais la maîtresse de l'art de guérir. C'est par cette conception qu'il mérite d'être regardé comme un des créateurs de la physiologie.

Tout entier à cette vue de génie, Claude Bernard, enfermé dans l'étroit et sombre laboratoire du Collége de France, multipliait les découvertes les plus fécondes quand, en 1854, la gloire et la fortune vinrent l'y chercher en même temps. Mais il n'abandonna jamais l'humble réduit où, avec si peu de ressources, il avait fait de si belles choses; il n'a quitté son laboratoire et le Collége de France que pour mourir. Et certes, si la plus douce récompense du travail et du mérite est de grandir au milieu des compagnons qui ont assisté aux luttes de notre jeunesse et qui ont partagé nos premières espérances, c'est là qu'il a goûté les plus pures jouissances de sa vie.

Je ne suivrai pas dans ses découvertes le chercheur infatigable qui demandait, non plus au cadavre, mais à l'être vivant, le secret de la vie; je ne parlerai pas du philosophe qui, par des généralisations de plus en plus larges, réduisait tous les phénomènes de la vie à des lois uniformes, d'une grandeur et d'une simplicité qui confondent l'esprit; il ne m'appartient pas de louer le savant. D'ailleurs, la science immortalise ceux qui l'ont servie; elle place dans ses annales ceux qui ont fait reculer l'erreur et levé quelques-uns des voiles qui nous cachent l'éternelle vérité; mais la mémoire de l'homme passe avec la génération qui l'a connu. C'est ici, c'est au moment de la séparation, c'est devant les témoins de sa vie qu'il est bon de rendre justice à celui que nous pleurons.

Bon, affable, d'une modestie qui faisait oublier son talent, Claude Bernard attirait à lui tous les cœurs. Dans le savant, arrivé au faîte des honneurs et de la gloire, on retrouvait toute la simplicité de l'étudiant. Rien ne troublait la sérénité de celui qui ne vivait que pour la science, et il s'intéressait moins à sa propre fortune qu'au succès de ses expériences. Mais s'agissait-il d'exposer ses idées ou, mieux encore, de défendre les découvertes d'autrui, Claude Bernard devenait un autre homme; son visage s'illuminait. Dans cette parole chaleureuse, dans cette éloquence naturelle, on sentait l'amour de la justice, la passion de la vérité; on voyait dans toute sa beauté un noble esprit chez qui la bonté le disputait au génie.

De pareils hommes sont l'honneur du corps auquel ils appartiennent: ils répandent autour d'eux la lumière, la chaleur et la vie. Aussi leur mort laisse-t-elle un grand vide et des regrets poignants. Pour nous, qui depuis tant d'années nous étions habitués à regarder Claude Bernard comme un maître et un ami, nous le chercherons longtemps dans ces vieux murs qu'il animait de sa présence et qui nous semblent déserts depuis que nous l'avons perdu.

Adieu, cher Claude Bernard; au nom de tous vos amis du Collége de France, adieu!

DISCOURS

DE

M. P. GERVAIS

MEMBRE DE L'ACADÉMIE DES SCIENCES

AU NOM DU MUSÉUM D'HISTOIRE NATURELLE.

Messieurs,

Lorsqu'un de nos collègues vient à être enlevé aux sciences après avoir consacré sa vie à leurs progrès, une double préoccupation s'empare de notre esprit. Nous cherchons à constater dans son ensemble le résultat de ses efforts: nous nous demandons en même temps quels services on pouvait encore attendre de lui. Le pays a devancé, en ce qui concerne M. Claude Bernard, cette pieuse curiosité. Avant que sa tombe fût entr'ouverte, à la première annonce de la maladie qui menaçait de le ravir à notre affection et à nos espérances, il en a pris spontanément l'initiative, bien persuadé que tout ce qu'il avait appris depuis longtemps à l'égard de l'illustre savant était fondé et cherchant à se préparer par un nouvel hommage rendu à tant de travaux utiles au coup fatal qui allait le frapper. La France s'est alors rappelé que ce maître de la physiologie moderne avait plus qu'aucun autre contribué à la transformation de la branche des connaissances humaines à laquelle il avait voué sa carrière. Elle a songé aux applications utiles à l'art de guérir qui étaient la conséquence de ses découvertes; elle a apprécié la modestie et la loyauté de son caractère, et ce n'est pas sans émotion qu'elle a su de quelle vénération il avait toujours entouré la mémoire de Magendie, son maître dans l'art difficile de l'expérimentation et son prédécesseur dans la chaire du Collége de France qu'ils ont l'un et l'autre illustrée.

Appelé à rendre au nom du Muséum d'histoire naturelle un dernier et solennel hommage à l'homme de bien que nous conduisons à sa dernière demeure, je devrais exposer devant vous, si sa grande renommée ne m'en épargnait le soin, les principales phases de sa carrière scientifique et attirer plus spécialement votre respectueuse attention sur l'immense influence qu'il a exercée, soit sur nos connaissances relatives aux fonctions des êtres vivants, soit sur la médecine, cet art autrefois considéré comme divin, qui cherche à nous ramener à la santé quand il n'a pas réussi à nous y maintenir. Mais que pourrais-je vous dire que vous ne sachiez déjà; et, d'ailleurs, suis-je suffisamment compétent pour vous indiquer tout ce qui appartient dans la science actuelle à notre illustre et vénéré collègue et vous en indiquer la portée? D'autres l'ont déjà fait ou le feront mieux que je ne le pourrais moi-même, et une longue étude des œuvres de M. Claude Bernard devra être accomplie, ce qui demandera un temps considérable et une aptitude spéciale, si l'on veut caractériser d'une manière suffisamment exacte le rôle qu'il a tenu parmi ses contemporains et la part de gloire qui lui revient. Permettez-moi, cependant, de vous rappeler en quelques mots les traits caractéristiques de la carrière de notre grand physiologiste, afin de vous mettre à même d'apprécier l'étendue de la perte que la science vient de faire en lui.

L'école moderne, à la fondation de laquelle M. Claude Bernard a si puissamment contribué, a pris pour principal guide dans ses recherches l'expérimentation. Elle établit que les phénomènes même les plus compliqués de la vie peuvent être expliqués ou, tout au moins, singulièrement élucidés par l'emploi des procédés d'analyse qui guident les physiciens et les chimistes dans leurs travaux relatifs aux corps inorganiques ou aux matériaux dont ceux-ci sont formés, et que les notions jusqu'à ce jour acceptées par les physiologistes doivent être soumises à ce contrôle. Ces moyens d'analyse s'appliquent aux actes vitaux les plus complexes comme aux plus simples, et l'on ne doit pas craindre, dans certains cas, de pousser jusqu'à l'empirisme cette méthode à la fois sévère et féconde en résultats.

M. Claude Bernard, guidé par ces inspirations hardies, a successivement abordé presque tous les grands appareils physiologiques du jeu desquels résulte la vie des animaux les plus parfaits, et il est parvenu à jeter sur la plupart d'entre eux un jour nouveau. Les résultats de ses démonstrations ont eu, dans un grand nombre de cas, des applications immédiates dont la thérapeutique a profité.

Pour établir les conditions de la nutrition, ce célèbre professeur a mis successivement en expérience les produits des glandes salivaires, afin de constater les effets respectifs de la sécrétion de chacune de ces glandes, les glandes stomacales, qui fournissent le suc gastrique, le pancréas, enfin le foie, sécréteur de la bile.

Ses recherches sur ce dernier organe l'ont conduit à reconnaître une fonction importante qui lui est propre, fonction qui était restée ignorée jusqu'à lui. Il a trouvé et démontré, après de longues et savantes études, que c'est dans le foie que se produit la matière sucrée appelée glycose, qui a une part si active dans les phénomènes de la nutrition respiratoire. Ce sujet délicat a été pendant nombre d'années l'objet de ses préoccupations; après s'en être occupé pour la première fois en 1849, il faisait encore l'an dernier, sur la glycogénie, une communication devant l'Académie des sciences, émerveillée de l'habileté avec laquelle il avait réussi à se procurer, dans les parties les plus profondes du corps des animaux mis par lui en expérience, les quantités de sang inégalement riche en principe sucré suivant les différents points explorés, dont l'analyse devait servir de base à sa démonstration.

On comprendra l'importance qu'il attachait à ces recherches, si l'on se rappelle que le sucre dont le sang se charge dans le foie exerce sur la santé une influence considérable, suivant qu'il est employé dans les actes de la nutrition, comme agent de respiration, ou que, les produits auxquels il devrait donner lieu ne se formant que d'une manière incomplète, son excédant est, au contraire, rejeté par une autre voie, mais en conservant alors sa nature chimique, au lieu de servir aux phénomènes vitaux.

Qui pourrait, après de pareils résultats, contester l'utilité des vivisections et de l'étude expérimentale des animaux, et dénier à la science, comme on a essayé de le faire, le droit de poursuivre de semblables recherches? Faudra-t-il alléguer en leur faveur les indications qu'elles fournissent aussi à la médecine vétérinaire, laquelle protége surtout nos intérêts agricoles? Non, car, devant cette tombe, il suffira d'invoquer les seuls intérêts de l'humanité.

C'est également en se laissant guider par la méthode expérimentale, et par elle seulement, que M. Claude Bernard a abordé les autres points de la physiologie dont la nature de son enseignement lui recommandait la démonstration, par exemple : l'examen du rôle dévolu au système nerveux de la vie animale et à celui de la vie organique; l'intervention respective de ces deux systèmes dans les propriétés des éléments histologiques; la participation du second aux phénomènes vaso-moteurs; celle qu'il a dans les sécrétions; la nature des liquides de l'organisme et leur usage; enfin, l'action des poisons sur l'économie et les conclusions que l'on peut tirer des expériences faites à l'aide des substances toxiques, relativement au mode d'action des différents tissus ou à l'emploi de ces substances dans certaines maladies.

M. Claude Bernard ne s'est adjoint qu'un petit nombre de collaborateurs, parmi lesquels on doit citer de préférence deux chimistes d'une valeur considérable, Pelouze et Barresville.

Tous ses travaux, et nous n'avons pu énumérer que les principaux, témoignent d'une grande rectitude de jugement; on reconnaît au premier abord avec quel soin ils ont été conduits. Il a lui-même formulé le principe qui lui a servi de guide. Ce principe, auquel il donne le nom de *déterminisme,* avait déjà été entrevu par Leibnitz. On doit y voir l'expression des causes multiples qui interviennent dans la production des actes propres aux êtres organisés et celle de la subordination de ces actes les uns par rapport aux autres.

Après avoir professé pendant longtemps au Collége de France et à la Faculté des sciences, M. Claude Bernard quitta le second de ces établissements pour entrer au Muséum, où il vint occuper la chaire de physiologie, chaire, fondée pour Frédéric Cuvier, que la mort de M. Flourens venait de rendre une seconde fois vacante. Placé ainsi en face de nouveaux problèmes biologiques, il ne s'effraya pas des difficultés qu'ils lui présentaient, et, habitué qu'il était aux luttes de la science, il ne craignit pas de les aborder par leurs côtés les plus difficiles. Il eut recours à son procédé ordinaire, l'expérimentation, mais en lui associant dès lors l'examen des animaux et des végétaux, envisagés en tant qu'êtres organisés, et il reconnut, avec les naturalistes, que la série des êtres vivants, depuis les plus simples jusqu'aux plus compliqués, est une sorte d'expérience toute faite, capable de confirmer celles auxquelles les moyens qu'il avait employés jusqu'alors peuvent conduire ou, dans certains cas, d'autoriser à les contredire. Il s'occupa donc des classes les moins parfaites de l'un et de l'autre règne, au lieu de s'en tenir aux animaux supérieurs, comme il avait dû le faire jusqu'alors. L'homme avait été, dans la première partie de sa carrière scientifique, le but principal de ses efforts; ainsi préparé, il voulait faire pour l'histoire naturelle ce qu'il avait fait au Collége de France pour la physiologie humaine et la médecine, et il conçut le plan d'un ouvrage nouveau, auquel il donna pour titre : *Muséum d'histoire naturelle, Cours de physiologie générale.*

Le premier volume de cet ouvrage était en voie d'impression lorsque M. Claude Bernard est tombé malade; mais l'auteur en avait déjà corrigé les premières feuilles. Espérons que cette importante publication verra également le jour, et qu'ainsi se trouvera complétée l'œuvre du grand physiologiste. Les progrès de la science et la gloire de notre pays y sont également intéressés. Quant aux doctrines mêmes et aux ingénieuses expériences qui ont illustré le nom de notre regretté confrère, elles ont déjà fait leurs preuves, soit en France, soit dans les universités étrangères, et ses travaux sont devenus classiques à tous les degrés de l'enseignement des sciences naturelles. Les disciples de M. Claude Bernard, dont plusieurs étaient devenus ses collègues, marcheront avec la même sûreté que lui dans la voie du progrès; ils achèveront la rénovation de la branche importante des sciences dont il était, il y a quelques jours à peine, l'un des plus puissants réformateurs et l'un des plus autorisés représentants. C'est ainsi qu'ils continueront à constater les grandes lois qui président aux fonctions des êtres organisés, et la physiologie, qui a rendu depuis Galien, Harvey et Haller tant de services à la philosophie ainsi qu'à la médecine, parviendra à expliquer les actes en apparence inexplicables dont l'organisme est le siége; en même temps, elle éclairera d'un jour nouveau les phénomènes de la nature et elle nous aidera à comprendre enfin ce qu'ils ont de plus mystérieux : la vie.

Paris. — Typographie de Firmin-Didot et Cie, impr. de l'Institut, rue Jacob, 56.